단두대에서 시작하는 황녀님의 전생 역전 스토리

티어문 세국이야기

TEARMOON
EMPIRE STORY
WRITTEN BY
NOZOMU MOCHITSUKI

13권 초판 한정
쇼트스토리 소책자

모치츠키 노조무 지음
Giise 일러스트

신여성 게임북 I
(상냥하고 친절한) (으로 패티를 키우는)

Mia's
GAME BOOK
Tearmoon
Empire Story

"흠……. 패티를 어떻게 해야 할까요……."

그날 미아는 방에서 홀로 생각에 잠겨 있었다.

"만약 정말로 패티가 제 할머니고, 뱀의 가르침에 사로잡혀있다면 한시라도 빨리 거기에서 빠져나오게 해드려야만 하는데……. 흐음, 어떻게 해야 할지……."

팔짱을 끼고 테이블 위에 있는 쿠키를 오도독, 꿀꺽한 뒤…….

"음식으로 회유…… 가 제일 좋을까요? 세인트 노엘의 디저트는 대륙 최고봉이니까요. 어린아이는 다들 과자를 좋아한다는 게 세상의 법칙. 그걸로 조금씩 회유해드리겠어요!"

딱히 미아가 먹고 싶은 건 아니다. 방에서 먹은 쿠키 정도로는 전혀 만족할 수 없었다거나, 그런 뒷사정이 있을 리가 없다. 없단 말이다.

그런 관계로 쇠뿔도 단김에 빼라는 양 방에서 나온 미아는 마침 타이밍 좋게 복도를 걸어가던 패티를 확보! 그대로 여자기숙사에서 나가려다가…… 문득 발을 멈췄다.

."흠……. 우선…… 마을에 나가기 전에 가볍게 배를 채워야겠어요. 배가 고프면 육아도 못 한다잖아요. 큰맘 먹고 식당에서 케이크를 즐기기로 할까요." A-1로

·"아직 만난 적이 없는 과자를 찾아 마을로…… 그런 것도 가끔은 즐겁지 않을까요. 이 세상에는 분명 아직 만나보지 못한 맛있는 과자가 잠들어있을 거예요!" A-2로

"흠……. 우선…… 마을에 나가기 전에 가볍게 배를 채워야겠어요. 배가 고프면 육아도 못 한다잖아요. 큰맘 먹고 식당에서 케이크를 즐기기로 할까요."

미아는 패티를 데리고 익숙한 장소, 식당을 찾아갔다.

마침 간식 시간이었기에 식당은 제법 떠들썩했다.

"저건…… 오오! 마침 과자를 새로 들여왔군요. 그렇다는 건……."

미아는 식당의 인기 과자…… 자신이 계기가 된 그 과자를 찾았다. 그러자…….

"어라? 미아 황녀 전하?"

익숙한 여성이 말을 걸었다.

"아아, 카타리나 양. 역시 있었군요. 후후후, 오랜만이에요."

깔끔하게 묶은 머리카락과 쾌활한 미소를 짓는 여성은 미아가 세인트 노엘의 마을에서 발견한 과자점의 주인, 카타리나였다.

부모에게서 물려받은 가게가 자칫 망할 뻔했을 때 미아 덕분에 회생한 그녀는 아직도 미아에게 받은 은혜를 잊지 못한 건지 종종 슈크림과 특별 신작 과자를 가져다준다.

한편 미아도 그녀가 만들어주는 과자를 진심으로 기뻐하며 하루하루 위안으로 삼고 있었따. 미아 또한 그녀에게 은혜를 느끼고 있다.

즉 두 사람은 win-win 관계를 구축하고 있었다. 그리고 그건 두 사람의 굵직한 유대를 보여주듯 미아의 토실함도 부피를 늘려 간다.

……지극히 위험한 관계라고 할 수 있다.

뭐, 그건 그렇다 치고…….

"오늘은 슈크림이 아직 남아있나요?"

"네. 마침 지금 막 만든 참이거든요…….."

"오오, 정말 좋은 타이밍이었군요. 그럼 이 아이가 먹을 것까지 두 개 부탁드려요."

"알겠습니다."

주문을 한 뒤 미아와 패티는 자리로 향했다.

잠시 기다린 후 테이블에 나온 과자를 본 패티는 눈이 휘둥그 레졌다.

"미아 선생님…… 이건?"

"먹어보세요. 손으로 잡고 먹어도 괜찮답니다."

패티는 그 울룩불룩한 덩어리를 손으로 잡고 입을 벌려서 한 입. 다음 순간!

"와아……."

무의식인 듯 탄성을 흘렸다. 그리고는 당황하며 입을 눌렀다.

"아뇨………… 그냥."

흐뭇한 표정을 짓는 미아에게 쌀쌀맞게 대답하는 패티.

"어머나, 딱히 숨길 필요는 없는데요…….."

"아뇨, 뱀에게는 달콤한 것이나 맛있는 건 필요 없으니까요…….."

그렇게 말한 뒤 패티는 미아를 힐끔 노려보았다.

"그런데 어째서 제게 이걸 먹이신 거죠?"

"으음, 그건······."

미아는 잠시 생각에 잠겼다.

──저는 뱀의 교사로서 패티에게 말해주어야만 하는데······ 흐음······.

팔짱을 낀 뒤 미아는 뜸을 들이며 말하기 시작했다.

"패티······. 무언가를 이루려고 할 때 가장 중요한 게 무엇인지 알고 있나요?"

의아하다는 듯 고개를 갸웃거리는 패티를 향해 미아는 말을 이었다.

"간단합니다. 머리를 쓰는 거죠."

미아는 머리를 검지로 톡톡 두드리며 말했다.

"그리고 머리를 쓰려면 단것이 필요해요. 여기서 도출되는 결론은······?"

"──! 무언가를 이루려고 할 때 필요한 건······ 단것이다······?"

"정답이에요."

미아는 근엄하게 고개를 끄덕였다.

"따라서 저는 이렇게 생각해요. 이 과자를 먹는 행위는 딱히 오락을 위해서가 아니라고. 물론 그런 이유도 있지만, 그 이상으로 이것은 무언가를 이루기 위해 필요한 행위!"

"필요한······ 행위!"

"네. 그러니 저희는 오히려 이 달콤한 과자를 먹어야만 합니다! 먹어도 되는 게 아니에요. 먹어야만 하는 거예요!"

미아의 훌륭한 삼단논법에 패티는 눈을 부릅떴다.

"먹어도 되는 게 아니라, 먹는 게 의무……?"

확인하듯 묻는 패티에게 미아는 고개를 무겁게 끄덕였다.

"먹는 게, 의무……."

그렇게 미아는 느릿하게 슈크림을 잡고 와앙, 꿀꺽, 먹어 치웠다.

그 물 흐르는 듯한 동작에 패티는 순간적으로 이 과자가 음료수였는지 착각에 빠질 뻔했다. 하지만…….

"자, 패티도. 이건 필요한 일이니까요……."

패티는 침을 꼴깍 삼킨 뒤 남아있던 슈크림을 마저 먹기 시작했다.

미아의 달콤하디달콤한 유혹. 패티 할머니, 함락되다…… end

"아직 만난 적이 없는 과자를 찾아 마을로…… 그런 것도 가끔은 즐겁지 않을까요. 이 세상에는 분명 아직 만나보지 못한 맛있는 과자가 잠들어있을 거예요!"

떠올린 건 즉시 실행. 미아는 패티의 손을 잡고 여자기숙사를 뒤로했다.

"미아 선생님…… 어디에 가는 거죠?"

작게 고개를 갸웃거리는 패티. 그런 패티의 질문에 미아는 자신만만하게 고개를 끄덕였다.

·"대로를 돌아볼 거예요. 노점에서 무언가 맛있는 과자를 팔고 있을지도 모르니까요." **B-1로**

·"우선 항구 방향으로 걸어가 보죠. 무언가 만남이 있을지도 모르니까요." **B-2로**

"대로를 돌아볼 거예요. 노점에서 무언가 맛있는 과자를 팔고 있을지도 모르니까요."

의기양양하게 패티의 손을 잡고 노점이 가득한 구역으로 향했다.

"하지만 둘만 가는 건 위험하지 않을까요……?"

물끄러미 바라보는 패티를 보며 미아는 고개를 갸우뚱 기울였다.

"위험하다고요……? 아아, 지난번에 바르바라 씨의 공격이 있었죠."

패티의 말에 얼마 전 습격을 받았을 때를 떠올렸다. 확실히 그날은 조금 가슴이 철렁했지만…….

"그런 일은 거의 없답니다. 어쨌거나 여기는 세인트 노엘. 세상에서 여기만큼 안전한 장소는 거의 없을 거예요."

"그런…… 가요?"

"네. 여기는 악당도 범죄자도 없습니다. 세상에서 가장 안전한…… 어라?"

그때였다. 미아는 노점 앞에서 심각한 표정을 짓고 있는 클로에를 발견했다.

"어머? 클로에. 이런 곳에서 무슨 일인가요?"

손을 들며 말을 걸자 클로에가 잰걸음으로 다가왔다.

"미아 님, 마침 잘 오셨어요……."

클로에는 목소리를 살짝 죽인 뒤 놀라운 발언을 했다.

"사실은 저 그림이…… 조금 마음에 걸려서요……."

"네? 그림이요?"

확인해 보니 조금 전 클로에가 서 있던 곳은 그림이 여러 점 놓여 있는 노점이었다.

"흠, 확실히 노점에서 그림을 판매하는 건 드문 일이지만요……."

"네, 그건 그런데요. 사실 저 그림이…… 위작인 것 같습니다."

"세상에!"

무심코 큰 소리를 내버린 미아의 입을 클로에가 허둥지둥 틀어막았다.

"쉿! 조용히……."

"아, 네, 그래요. 그렇죠. 상대는 위작을 판매하는 인간……. 들통나면 위험할지도 몰라요."

그렇게 말한 뒤 미아는 고개를 갸웃거렸다.

"하지만 그런 걸 알 수 있나요?"

"네. 붓 터치나 사인을 보면 어느 정도는……. 아니, 저기에 있는 건 그 정도만으로도 알아볼 수 있을 만큼 심한 위작이었어요."

클로에는 드물게도 분개한 것처럼 보였다.

"위작을 진품인 것처럼 판매하다니, 상인이라고도 할 수 없어요. 당장 위병에게 끌고 가야……."

"그렇군요. 하지만 그런 짓을 할 것 같은 분으로는 보이지 않는데요."

노점의 주인은 어딘가 기가 약해 보이는 아저씨였다. 그리 나쁜 사람으로는 보이지 않지만……. 그때였다. 미아는 패티가 이쪽을 물끄러미 바라보는 걸 깨달았다.

"어머? 패티, 왜 그러시죠……?"

"미아 선생님……. 여기에는 범죄자나 악당은 전혀 없는 것 아니었나요……?"

"앗……."

미아는 조금 전 자신이 했던 발언을 떠올렸다.

『여기는 악당도 범죄자도 없습니다. 세상에서 가장 안전한…….』

──아아, 확실히 그렇게 말했어요! 이거 큰일이네요. 바르바라 씨 일도 있는데. 제 발언에 신뢰도가 사라지겠어요.

미아는 끄으윽 신음한 뒤 한 번 더 노점의 주인을 노려보았다.

겉보기에 악당은 아닌 것처럼 보인다. 악당은…… 아닌 것처럼 보인다!

미아는 조용히 고개를 끄덕였다.

"네…… 뭐, 그렇죠……. 여기에는 악당이 없답니다. 그래요, 뿌리부터 악당인 사람은 없어요!"

그렇게 미아는 성큼성큼 노점으로 걸어가 딱 봐도 심약해 보이는 주인에게 말을 걸었다.

"저기…… 당신, 잠시 괜찮을까요?"

"네, 무슨 일이십…… 아니, 설마 제국의 미아 황녀 전하십니까……?"

"어머? 저를 알고 있나요?"

"네! 이전에 안느 씨와 함께 거리를 걷고 계셨습니다. 안느 씨와는 아는 사이라서요……."

안느와 아는 사이라는 말에 미아는 한층 확신을 굳혔다.

──분명 무언가 사정이 있을 거예요.

미아는 주인의 반응을 신중히 관찰하며 입을 열었다.

"그런데 당신…… 왜 이런 짓을 하고 있는 거죠?"

"네……? 어, 이런 짓이라는, 건?"

상인은 눈을 깜빡였다.

"이 위작 판매 말이에요!"

미아 뒤에서 클로에가 날카롭게 노려보며 지적했다.

"위, 위작? 아니, 무슨…… 뭘 근거로……."

변명하는 남자를 향해 클로에는 어디까지나 침착하고 담담하게 설명했다.

"먼저 이게 위작이라는 근거는 이 사인의 모양입니다."

그렇게 그 그림을 상세히 해설해나갔다. 이어서 그 옆에 있는 그림, 그 옆에 있는 그림으로 넘어가며 잇달아 지식을 늘어놓았다.

남자는 입을 떡하니 벌리고 있었으나…… 안색이 점점 안 좋아졌다.

"더 해드릴까요?"

클로에의 질문에도 상인 남자는 반론하지 않고 그저 고개를 숙일 뿐이었다.

미아는 그런 남자에게 말을 걸었다.

"위작을 팔고 있다는 건 잠시 제쳐놓겠어요. 제가 마음에 걸리는 건 왜 이런 짓을 했는가 하는 점이에요. 감히 이 세인트 노엘에서 위작을 판매하다니, 어지간한 사정이 아니라면 안 하겠죠. 그렇지 않나요?"

정확하게는 그랬으면 좋겠다. 그게 아니라면 패티를 볼 면목이 없으니까! 하는 기도를 담아 절실한 얼굴로 남자를 바라보았다. 그러자 남자는…… 갑자기 울음을 터트렸다.

"사, 사실은…… 아내가 병에 걸려서…… 빚을 져버렸습니다……. 그래서 일수꾼이 돈을 갚지 못한다면 악행에 가담하라고…… 해서……."

"악행에 가담……."

미아는 흥 코웃음을 쳤다.

──그렇군요. 세인트 노엘에 출입하는 상인의 협력을 얻어내면 세인트 노엘 안에서 나쁜 짓을 할 수 있어요. 이 그림처럼 위작을 팔아치우거나…… 더 흉악한 짓도 가능하겠죠.

벨이 유괴당했을 때도 뱀에게 협력한 상인이 있었으니……. 하려고 마음을 먹는다면 이 세인트 노엘에 다니는 학생을 유괴할 수 있었을지도 모른다.

남자는 그런 짓은 하고 싶지 않으니까 위작을 팔아서 빚을 갚으려고 한 것이다. 하지만…….

"하지만 이건 안 돼요. 이런…… 저희 상인의 자부심에 걸고 이런 짓을 하면 안 된다고요."

클로에의 말에는 이미 비난하는 기색이 없었다. 그건 아마도 남자의 표정을 보고 이해했기 때문이다.

이런 짓을 하면 안 된다는 걸 가장 잘 아는 사람은 다름아닌 남자 본인이라는 걸……

"빚이 어느 정도인가요……?"

"……금화 30닢입니다."

"그렇군요. 그건 상당한 액수예요."

말은 그렇게 했지만…… 사실 미아에겐 내지 못하는 금액이 아니었다. 기껏해야 한 달 치 활동 자금 정도일까. 여기서 용돈을 베풀어준다면 장래 싹틀지도 모르는 위험을 미리 제어할 수 있게 된다…… 고는 생각하지만…….

——하지만 이분이 악행을 저질렀던 건 사실이죠. 무조건 도와줄 수는 없어요. 애초에 그런 짓을 했다간 이분에게도 도움이 안 될지도…….

그때였다.

"금화 30닢……. 그 정도면…… 마침 딱 좋네."

클로에가 천천히 고개를 끄덕였다.

"그럼 저기 오른쪽에 있는 작은 그림. 저걸 금화 35닢에 사겠습니다."

"…………허?"

눈을 끔뻑이는 미아 옆에서 클로에는 바로 거래에 들어갔다.

"아니, 하지만 아가씨. 이걸 금화 30닢에 산다니 진심이야?"

"35닢이에요. 빚을 갚고 남은 건 위작을 판 손님을 찾아서 제대로 적정 가격으로 환불해 주실 것. 상인으로서 자기 손으로 수습하기 위한 5닢이니까요."

"아니, 하지만 애초에 이 그림에 그런 가치는……."

"일개 상인인 제가 이 그림에 금화 35닢이라는 가치를 느끼고 사겠다는 뜻입니다. 당신은 제가 정한 가격에 불만이 있는 건가요? 딱히 팔아주지 않을 거라면 그래도……."

"아, 아니! 팔겠어. 팔겠습니다!"

남자는 그렇게 말하고 서둘러 그림을 포장해 클로에에게 넘겼다. 그리고는 바닥에 머리를 박을 기세로 깊게 절하더니…….

"감사…… 합니다."

갈라지는 목소리로 말했다.

"괜찮은가요? 클로에."

노점을 떠난 뒤 미아는 서둘러 물어보았다.

"네? 뭐가요?"

"그…… 돈이요. 아무리 당신이 포크로드 상회의 영애라고 해도 금화 30닢은 거금이잖아요. 그런데……."

"아하. 문제없습니다. 왜냐하면 이 그림은 진품이거든요."

클로에는 그렇게 말하며 안경을 슥 밀었다.

"……네?"

"이 그림 말고 다른 그림은 위작이었어요. 완전히 싸구려였죠. 하지만 이 그림만큼은 진품이니까요."

그렇게 말하며 클로에는 두 손으로 그 그림을 들고 바라보았다.

"아마도 시세는 금화 30닢 전후. 다만 그림은 가격이 올라가기도 하니까요. 아마 몇 년 뒤에는 금화 40닢 이상이 되지 않을까요? 하지만······."

클로에가 웃었다.

"만약 오르지 않는다면 제 투자가 틀린 거죠. 상인으로서 안목이 아직 부족했다는 거예요."

"클로에······."

미아는 무심코 쓴웃음을 짓고 말했다.

"그래도 그 그림을 비싸게 팔려면 시간이 좀 걸리지 않나요? 그동안 자유롭게 쓸 수 있는 돈이 없으면 불편할 것 같은데요. 그러니······ 반은 제가 낼게요."

"······네?"

이번에는 클로에가 깜짝 놀란 듯 눈을 깜빡였다.

"아뇨, 미아 님. 이건 어디까지나 제가 가격을 매긴 거고······."

"네. 그러니 저는 당신의 감정을 믿고 미래를 위해 돈을 내겠다는 거예요. 이 그림, 가격이 오를 거라면서요?"

미아는 작게 윙크했다.

"미래를 알고 있다면 돈을 안 낼 수가 없죠."

"미아 님······ 상당한 수완가이시네요."

클로에는 그렇게 말하며 재미있다는 듯 웃었다.

그런 두 사람을 보고 있던 패티는······ 툭.

"······정말, 이 섬에 악당은 없나 봐······."

그렇게 중얼거렸다.

사람 좋은 감정가 end

"우선 항구 방향으로 걸어가 보죠. 무언가 만남이 있을지도 모르니까요."

그렇게 미아는 패티의 손을 잡고 걸어갔다.

중간에 이쪽으로 어슬렁, 저쪽으로 어슬렁, 가게를 들여다보고 무언가 맛있어 보이는 걸 팔고 있지는 않은지 살펴보았지만 딱 좋은 건 좀처럼 발견되지 않았고.

결국 두 사람은 항구에 도착하고 말았다.

"흐음, 이건…… 꽝이었군요."

두 사람의 눈앞에는 어느새 저녁놀에 물드는 노엘리쥬 호수가 펼쳐져 있었다.

·"무인도가 생각나네요." C-1로

·"해수욕이 생각나네요." C-2로

"무인도가 생각나네요."

"무인도……?"

의아한 듯 고개를 갸웃거리는 패티를 향해 미아는 고개를 깊이 끄덕였다.

"네. 그래요. 무인도요."

"어째서 그런 장소에……?"

"실은 여름방학 때……."

미아는 별생각 없이 패티에게 무인도 여행 이야기를 들려주었다. 물론 초대 황제와 관련된 부분은 생략했다.

"후후후, 그립군요. 지금 와서는 웃으면서 할 수 있는 이야기지만 사실은 꽤 위험했답니다. 음식도 없었고, 지하에 떨어지기도 했고……."

짧은 시간이었다고 해도 폭풍 속에서 일행들끼리 살아남아야만 했었다.

탈출했으니 다행이지, 지금 돌아보면 상당히 위험했던 느낌이 든다.

"무인도에…… 그렇군요. 즉 그런 환경이라면 요인 암살이 쉽다…… 그런 말씀이신가요?"

"……흐어?"

갑자기 몹시 뒤숭숭한 말을 꺼내는 할머니를 보고 미아는 자기도 모르게 눈을 깜빡였다.

"물놀이 도중 폭풍을 만나 조난, 그리고 식량 부족. 암살 대상의 목숨을 빼앗아도 나중에 문제가 되기 힘든 상황을 만들어내는 방법이 아닌가요?"

패티는 팔짱을 끼며 고개를 끄덕였다.

"그렇군요……. 방해가 될 법한 타국의 왕족을 제국의 이름으로 뱃놀이에 초대……. 제국의 힘은 강력한 만큼 거절하기 힘들고……. 예를 들어 페르장 같은 곳의 왕족 중 방해가 될 법한 사람을 끌어내기에는 좋은 수단일지도……."

패티는 감탄했다는 듯 미아를 올려다보고 말했다.

"역시 대단하세요. 미아 선생님……."

이대로는 아무래도 위험하다고 알아차린 미아는 무겁게 고개를 끄덕이면서도…….

"네…… 뭐, 그…… 그런 측면도 당연히 있지만요……. 제가 주장하려던 건 조금 다른 거였어요."

"다른 거라고요?"

"그래요…… 예를 들면, 그……."

찰나의 숙고. 그 후 번뜩였다!

"무인도라는 상황을 적극적으로 이용하면 상대방의 마음을 사로잡는 게 쉬워진다는 겁니다. 때로는 암살보다 상대의 협력을 얻는 게 유용할 테니까요."

미아는 의미심장하게 웃고는 검지를 세웠다.

"그런 상황이라면 쿠키 하나라고 해도 나눠주면 고마워한답니다. 그래요, 먹을 것이 없는 상황에서 쿠키. 고작 쿠키 하나로 상대방의 마음을 사로잡을 수 있다면 이보다 더 가성비가 좋은 건 없지 않을까요?"

"쿠키……? 아, 설마 오늘 과자를 찾으러 마을에 나오신 건 그것 때문에……?"

경악하며 눈을 크게 뜨는 패티를 향해 미아는 의미심장하게 고개를 끄덕였다.

"배고픈 사람에게는 적극적으로 쿠키를 나눠줘야 하죠. 그러기 위해서 쿠키는 항상 가지고 다녀야 해요. 그것이야말로 제가 무인도의 경험을 통해 도출한 결론이죠."

"먹을 것이 없을 때, 준다……."

"네. 그래요. 아낌없이 줍니다. 그러면 상대방의 마음을 사로잡을 수 있어요. 쿠키의 교훈이에요."

거창하게 말한 뒤 미아는 생긋 웃었다.

"쿠키의…… 교훈. 그렇군요……."

그런 미아를 향해 패티는 존경 어린 시선을 보냈다.

쿠키의 교훈을 전수하다 end

"해수욕이 생각나네요."

"해수욕?"

어리둥절해서 고개를 갸웃거리는 패티의 반응에 미아는 조용히 고개를 끄덕였다.

"네, 해수욕이요. 바다로 수영하러 갔었죠."

"무엇을 위해서죠?"

"무엇을 위해……."

미아는 잠시 생각했다.

──흠, 제법 설명하기 어려운 질문이네요. 패티에게는 뱀 다운 이유를 말해야만 하니까……. 수영의 의의…… 의의…….

생각한…… 결과!

"당신은 무엇을 위해서라고 생각하나요?"

절묘한 패스로 패티에게 돌려주었다!

그렇다. 전부 가르쳐주는 건 성장을 저해한다. 생각하게 해주는 것도 중요하다. 절대 아무런 아이디어도 떠오르지 않기 때문이 아니다. 생각하는 게 귀찮아졌다니 크나큰 오해다. 악질적인 루머다.

게다가 뱀이라면 어떤 식으로 생각하는지 들어보고 싶었다는 부분도 있었다. 패티를 뱀에게서 구하려면 뱀을 알아야만 한다.

패티는 미간을 구기고 잠시 생각한 뒤…….

"……적에게서 도망치기 위해?"

"············오호!"

미아의 목소리가 약간 낮아졌다.

계속하라고 재촉하자 패티는 작게 고개를 끄덕이고 입을 열었다.

"만약 적이 갑옷을 입고 있다면 헤엄칠 수 없거나, 가능하다고 해도 힘들 겁니다."

"그렇군요. 일리 있어요."

"게다가 쫓아오는 병사 전부가 수영을 할 줄 안다고 보기도 어렵죠."

"적의 숫자를 줄인다는 거군요. 만약 가장 강한 실력자가 수영은 못 한다면……."

"네. 더불어 물살을 잘 탈 수 있다면 빠르게 이동할 수 있을지도 모릅니다."

"이 몸뚱이 하나로 배처럼 이동할 수 있다면 탈출도 한층 쉬워진다! 그렇군요!"

미아는 짝짝 손뼉을 쳤다.

"훌륭한 착상이었어요. 패티. 확실히 무슨 일이 있을 때 신속하게 도망치기 위해서 수영은 중요한 능력이죠."

어쩌면 에메랄다도 수영을 할 줄 알았기에 제국 혁명군으로부터 도망칠 수 있었던 게 아니냐는 추측을 하며 미아는 깊이 고개를 끄덕였다.

"……정답인가요?"

갸우뚱 고개를 기울이는 패티를 향해 미아는 웃었다.

"네. 당신도 무슨 일이 있을 때를 대비해 헤엄칠 수 있도록 익혀두는 게 좋습니다. 다음에 데려가 드릴게요."

뱀 입장에서도 수긍할 수 있는 이유를 붙여서 놀러 가자고 권했다.

그렇게 패티를 즐겁게 해줘서 뱀의 가르침으로부터 멀리한다.

완전무결한 계획에 만족스러워하며 미소 짓는 미아였다.

훗날 미아는 디온에게 물어보았다.

"디온 씨, 만약 당신이 목숨을 노린다고 해도 물속으로 도망치면 성공할 수 있다고 생각하는데 어떤가요?"

디온은 진심으로 의아하다는 듯 고개를 갸웃거리고는 대답했다.

"제가 수영을 못 한다고 생각하시는 거라면 큰 오해이십니다. 황녀 전하. 덤으로 저희가 갑옷을 벗지 못한다고 생각하시는 것도 큰 착각이고요."

아무래도 갑옷을 벗고 쫓아올 수 있는 모양이라는 걸 알고 의기소침해진 미아였다.

미아, 패티에게서 획기적인 도망법을 배웠…… 지만 디온에게서는 도망칠 수 없었다! end

티어문 제국
이야기

신여성 게임북 II

(심하고 친절한) (으로 패티를 키우는)

MIA'S
GAME BOOK

TEARMOON
EMPIRE STORY

"흠……. 패티를 어떻게 해야 할까요…….'

그날 미아는 방에서 홀로 생각에 잠겨있었다.

"만약 정말로 패티가 제 할머니고, 뱀의 가르침에 사로잡혀있다면…… 한시라도 빨리 거기에서 빠져나오게 해드려야만 하는데요. 하지만 어떻게 해야 할지…….'

팔짱을 끼고 테이블 위에 있는 쿠키를 오도독, 꿀꺽한 뒤.

"흠! 건전한 정신은 버섯에 깃든다고 하니까요. 숲에 데려가서 버섯 채집으로 마음을 정화시켜주는 게 좋지 않을까요? 설령 뱀이었다고 해도 맛있는 버섯 앞에서는 무력해질 거예요. 패티를 데리고 숲에 가야겠어요!"

미아는 글러 먹은 소리를 꺼냈다!

쇠뿔도 단김에 빼라는 양 방에서 뛰쳐나온 미아는 마침 타이밍 좋게 복도를 걸어가던 패티를 확보! 어리둥절한 패티를 향해,

"지금부터 버섯을 채집하러 갈 겁니다!"

엄숙하게 선언했다.

"……알겠습니다."

의아한 표정을 지으면서도 일단 고개를 끄덕이는 패티.

"하지만 단둘이 숲에 가는 것도 조금 문제가 있을 것 같군요. 가능하면 공범…… 아니, 동행자를 찾고 싶어요."

미아는 잠시 생각에 잠긴 뒤…….

∴"특별히 여자모임을 즐기는 건 어떨까요. 여자기숙사에서 찾아야겠어요!" A-1로

∴"역시 남자의 도움이 필요하죠. 남자 기숙사에 찾아가 볼까요?" A-2로

∴"걸어서 숲까지 가는 것도 힘드니까 마구간에 가 볼까요?" A-3으로

"특별히 여자모임을 즐기는 건 어떨까요. 여자기숙사에서 찾아야겠어요!"

마음을 먹으면 바로 실행.

행동력이 빠른 미아는 패티의 손을 잡고 당당하게 걸어갔다.

"여자모임……?"

작게 고개를 갸웃거리는 패티를 향해 미아는 부드럽게 웃었다.

"네, 그래요. 여자모임. 세상에는 여자들끼리 모였을 때만 할 수 있는 즐거운 이야기가 있답니다."

손가락을 좌우로 까딱이며 거만하게 말한 미아가 문득 발을 멈췄다.

계단을 올라가면 동급생이, 내려가면 하급생이 사용하는 복도로 나온다.

"흠…… 여기선……."

·"티오나 양은 숲을 잘 알고 있을 테고 리오라 양도 의지할 수 있는 사람이죠. 같이 가자고 할까요?" **B-1로**

·"버섯 하면 역시 리나 양이죠! 독버섯을 캐 버릴 위험도 없지는 않으니까, 만약을 대비해 같이 가자고 해야겠어요!" **B-2로**

"역시 남자의 도움이 필요하죠. 남자 기숙사에 찾아가 볼까요?"

마음을 먹으면 바로 실행. 미아는 남자기숙사를 향해 걷기 시작했다.

"하지만 괜찮은 건가요? 남자기숙사에 들어가도……."

물끄러미 올려다보는 패티. 미아는 팔짱을 꼈다.

"흠, 그러게요……."

잠시 생각에 잠긴 뒤…….

"뭐, 딱히 나쁜 짓을 하는 건 아니니까요……."

·"앞문으로 당당하게 들어가죠!" **B-3로**

·"아니…… 정말로? 정말로 나쁜 짓을 하는 게 아닌 걸까요? 애초에 버섯을 캐러 가는 건……." **B-4로**

"걸어서 숲까지 가는 것도 힘드니까 마구간에 가 볼까요?"

그렇게 말하자 어째서인지 패티가 살짝 산만해졌다.

"어머? 왜 그러나요? 패티……."

"아뇨……. 아무것도 아니에요."

작게 고개를 젓는 패티를 보고 미아는 감을 잡았다.

──혹시 패티…… 말을 좋아하는 게 아닐까요? 귀여우니까요…….

어린아이는 기본적으로 솜인형이나 동물을 좋아하기 마련. 그러고 보면 벨도 작은 말 모양 부적을 소중히 가지고 다니며, 그슈트리나도 새끼 양과 즐겁게 놀았다고 들었다.

다들 미아처럼 토끼를 보고 토끼 요리를 연상하는 게 아니다.

──아이의 교육을 위해 동물과 교감하게 해주는 게 좋다는 이야기를 어디선가 들은 적이 있었죠. 패티도 동물을 좋아한다면 오히려 적극적으로 교감할 수 있게 해주는 게 좋을지도 모르겠어요.

다행히 세인트 노엘에는 말이 있다. 또 기마왕국의 마롱에게 부탁하면 양을 데려와서 쓰다듬게 해줄 것이다. 후이마에게 부탁하면 전투늑대…… 도 쓰다듬게 해줄지도 모르지만, 그건 패티가 무서워하려나…….

그런 생각을 하고 있었기에…….

"아, 미아 황녀. 말을 타러 온 건가?"

마구간에서 마주친 사람을 보고 깜짝 놀랐다.

웃으면서 한 손을 들고 인사하는 그 사람은 기마왕국 불꽃 일족의 족장 대리 휘 후이마였기 때문이다.

"네, 뭐 그런 참이었죠. 그러는 후이마 양은 어쩐 일로? 역시 기마왕국 분이라 마구간이 편안하다거나……?"

"하하하. 아무리 나라고 해도 온종일 마구간에 틀어 박혀있는 건 아니야. 다만 세인트 노엘에 있는 동안은 나의 애마, 형뢰를 여기 마구간에 맡기고 있으니까. 형뢰를 보러 왔지."

후이마의 말대로 그곳에는 익숙한 말의 모습이 있었다. 칠흑의 털과 이마의 하얀 털이 특징적인 아름다운 말, 월토마 형뢰.

"어머나, 형뢰가 이런 곳에. 후후후, 오랜만이에요."

미아는 그 명마에게 바로 인사한 뒤 코끝을 쓰다듬었다.

형뢰는 푸르릉 울음소리를 내서 미아에게 인사를 돌려주었다.

"후후후, 건강해 보여서 참 다행이에요. 다른 말과도 사이좋게 지내고 있나요? 황람만 해도 워낙 거칠어서 괴롭힘을 당하진 않을지 걱정이었는데요."

미아의 말에 또다시 푸르릉 투레질하는 형뢰. 그 반응을 보고 패티는 의아한 듯 고개를 갸웃거렸다.

그런 패티에게 후이마가 슬그머니 다가가더니…….

"나의 친구 미아는 놀랍게도 말과 대화할 수 있다."

그렇게 말하며 장난기 어린 미소를 지었다. 패티는 순간 '와아!' 하고 눈을 빛낸 뒤 바로 흠칫 놀라 표정을 지우고는…….

"……미아 선생님, 정말인가요?"

다소 의심스러워하는 시선을 보냈다.

"네? 아, 음."

"당연하지. 말의 전문가인 내가 하는 말이거늘."

후이마는 불만스럽게 얼굴을 찌푸리고 말했다.

"전문가……?"

"그래. 사실 나는 기마왕국 열세 부족 중 하나, 불꽃 일족 족장의 동생이지. 어릴 때부터 계속 말과 함께 보냈으니 전문가라고 해도 과언이 아니다."

가슴을 퉁 두드리며 후이마가 말했다.

"그런 내가 하는 말이다. 틀릴 리 없어."

단언하는 말에 패티는 작게 팔짱을 끼고 생각에 잠겼다.

"확실히 전문가의 이야기에는 제대로 귀를 기울여야 한다고 적혀있었지만…… 그래도…… 말과 대화……?"

그러고는 힐끗 황람을 향해 시선을 던졌다. 그러자 황람은 심술궂게 입꼬리를 씨이익 올렸다.

"아아, 패티. 물러나는 게 좋겠……?!"

패티를 뒤로 물러나게 하고자 미아가 황람에게 다가간 다음 순간……!

푸헷취! 미지근한 폭풍이 미아를 덮쳤다!

"보세요……. 이렇게 재채기를 끼얹는 걸 좋아하는 말이거든요……."

무언가 액체를 뚝뚝 흘리는 촉촉한 미아가 살짝 굳은 얼굴로 웃으면서 말했다.

그런, 조금 그런 모습의 미아를 보고 패티는…… 어째서인지

감동한 듯 눈을 크게 떴다.

"호, 혹시…… 지금 재채기한다고…… 말이 가르쳐준 거예요?"

"어…… 으음."

순간 부정하는 게 낫나 생각했던 미아였지만……. 재채기를 맞은 충격에 뭔가, 좀, 다 귀찮아지고 말아서……

"네, 뭐, 그런 식이죠. 패티도 말과 열심히 교감하다 보면 언젠가 대화할 수 있…… 게 될지도 몰라요. 음."

그러면서 웃는 미아를 보고 패티는 침을 꼴깍 삼켰다.

며칠 뒤…….

특별 초등부에서 미아는 말과 대화할 수 있다는 소문이 퍼지고…… 순식간에 아이들에게서 존경 어린 시선을 받게 되는 미아 선생님이었다.

동물과 대화할 수 있다니 대단해! end

"티오나 양은 숲을 잘 알고 있을 테고 리오라 양도 의지할 수 있는 사람이죠. 같이 가자고 할까요?"

미아는 고개를 끄덕인 뒤,

"패티, 가요."

패티의 손을 잡았다.

미아는 계단을 올라가 동급생의 기숙사실이 있는 층으로 향했다.

복도 안쪽, 누군가가 대화하는 게 보였다.

"어머? 저건 티오나 양. 그리고……."

"앗! 미아 님."

먼저 미아를 알아차리고 반응한 사람은 야나였다.

"드문 조합이네요. 둘이서 뭘 하고 있었나요?"

티오나가 난처한 얼굴로 대답했다.

"실은 야나가 키릴의 옷을 너무 많이 사는 바람에 자기가 입을 옷을 살 돈까지 써버렸다고 해요."

"어머나……."

특별 초등부에서는 교육의 일환으로 매달 일정 금액을 나눠준 뒤 아이들이 직접 필요한 걸 사게 하고 있었다.

물론 음식은 학원에서 마련해주고 주거도 제공해준다. 옷도 교복과 잠옷은 마련해주었지만 그 외 사복은 직접 사서 입으라고 하고 있다.

"아니, 저는 그냥…… 키릴이 부끄럽지 않도록 옷을 맞춰주고 싶어서, 그게……."

"아아……."

고개를 끄덕인 사람은 의외로 패티였다!

어쩐지 '그런 거라면 어쩔 수 없나?' 하는 얼굴이었다!

"저도 마음은 무척 이해가 가지만요……. 그렇다고 야나가 입을 옷이 거의 없는 것도 좋지 않으니까요."

티오나도 야나의 마음에 어느정도 이해를 보였다.

아무래도 누나로서 감정이입을 한 모양이었다. 만약 에메랄다였다면 공감할 수 있을지도 모르지만…….

"그런, 거로군요. 흠."

외동인 미아는 영 와닿지 않는 상황이었다.

뭐, 그건 그렇다 치고…….

"그렇다면……."

·"제가 사 드리겠어요. 패티의 드레스도 사주려던 참이었으니 겸사겸사." C-1로

·——순순히 자기 옷을 사러 가라고 해도 받아들이지 않을지도 모르겠군요. 그러면……. C-2로

"버섯 하면 역시 리나 양이죠! 독버섯을 캐 버릴 위험도 없지는 않으니까, 만약을 대비해 같이 가자고 해야겠어요!"

"독, 버섯⋯⋯?"

그 단어를 듣고 패티의 어깨가 움찔 떨렸다.

"저기, 미아 선생님. 독버섯이라니⋯⋯."

"아, 걱정하지 않아도 된답니다. 패티. 만약을 위해서예요. 만약을 위해. 어디까지나 만약을 위해서."

미아는 거듭 반복하며 만약을 위해서임을 강조! 그런 후⋯⋯.

"게다가 리나 양⋯⋯ 슈트리나 양은 독의 전문가이기도 하답니다. 그러니 어떤 독버섯을 먹어도 잘 치료해줄 수 있어요."

"⋯⋯독버섯 중에는 먹으면 바로 죽는 것도 있을 텐데⋯⋯."

그런 조심스러운 지적은 귀에 들어오지 않았다.

건강한 정신은 버섯에 깃든다는 모토로 미아는 여자기숙사 계단을 내려갔다.

그렇게 슈트리나의 방 앞에 온 순간 미아는 문득 발을 멈췄다. 안에서 대화가 들렸기 때문이다.

"흠. 손님이 왔나 보군요. 여기서 잠시 기다리는 게 좋겠어요."
C-3으로

"흠. 벨이라도 온 걸까요⋯⋯. 뭐, 벨이라면 신경 쓰지 않아도

되겠죠." C-4로

"앞문으로 당당하게 들어가죠!"

"앞문으로 당당하게 들어가죠!"

미아는 남자기숙사의 정면 출입문으로 향했다.

——그래요. 주변에서 자꾸 뭐라고 하는 바람에 기가 죽었지만, 저는 딱히 나쁜 짓을 하려는 게 아닌걸요.

그렇다. 미아는 그저 제 욕구를 따라 버섯을 캐러 가려고 하고 있을 뿐이다. 그게 나쁜 짓일 리가 없다. 그럴 것이다. 아마도…….

그런 관계로 미아는 같이 버섯을 캐러 가기 딱 좋아 보이는 인재를 찾아 남자기숙사에 발을 들여놓으려다가…….

"어머나, 미아 님. 이런 곳에서 뭐 하는 거야?"

뒤에서 들린 목소리에 미아는 펄쩍 튀어 올랐다!

왜냐하면 그 목소리의 주인은…….

"라, 라피나 님?"

뒤를 돌아보자 여느 때와 다름없는 청량한 미소를 지은 소녀, 라피나가 서 있었다.

"라피나 님이야말로 어째서 여기에?"

그 질문에 라피나는 여느 때와 다름없는 청량한 미소를 지으며…….

"응. 나는 문제 행동을 한 학생에게 설교를…… 조금."

설교…… 라는 단어를 듣고 미아는 희미하게 떨었다.

지금 미아는 문제 행동이라는 부분에 짐작이 너무 많이 가는 상태……. 평정을 유지하는 건 무척 어려웠다…….

"그런데 미아 님은 왜 이런 곳에……?"

어쩐지 라피나는 떠보는 듯한 눈빛으로 바라보고 있었다.

"네. 저는……."

미아, 여기서 찰나의 판단.

자신의 욕구를 따라 무단으로 버섯을 캐러 가는 건 착한 행동일까? 나쁜 행동일까?

미아는 자신의 도덕관념에 대조해본 뒤, 다음으로 신성전의 구절을 기억하는 범위 내에서 모조리 뒤지고, 또 뒤지고…… 쾌활한 미소를 지으며 말했다.

"잠시 이 아이를 데리고 마을에 나가려고 했었답니다. 아직 세인트 노엘에 익숙하지 않은데다 필요한 물건도 있거든요."

버섯을 캐러 가려고 했다…… 는 말은 조금도 꺼내지 않고 말했다.

버섯 요리에 독버섯을 넣은 결과 배탈이 나서 쓰러진 적이 있으면서 질리지도 않고 자기들끼리 버섯을 캐러 간다? 그건 일반적으로 생각했을 때 용서해줄 리가 없었다!

침착한 상식인 미아는 라피나 앞에서 어떻게 행동해야 하는지 잘 알고 있었다.

의아해서 고개를 갸웃거리는 패티를 무시한 채 미아는 생글생글 라피나를 바라보았다.

"어머, 지금부터 마을에……? 그런 거라면."

작게 고개를 기울인 뒤 라피나는 말했다.

"나도 같이 가도 괜찮을까?"

"네……?"

그리하여 급하게 라피나도 동행하게 되었다.

"우후후, 미아 님과 외출이라니 기뻐."

룰루랄라 들떠있는 라피나는 정말로 기뻐 보였다. 그래서 미아
도 그만 기쁨을 느끼고 말았다.

"그런데 패티 양, 어딘가 가고 싶은 곳은 있어?"

그 질문에 패티는 작게 고개를 갸웃거렸다.

──흐음, 뭐 패티는 이런 식이니까 어디에 데려가도 불만은
없겠지만요……. 모처럼 나왔으니 교육에 좋은 장소에…… 흠!

그때 미아의 시야에 어떤 가게가 들어왔다.

그곳은 그림을 다루는 갤러리 같은 가게였다.

"저런 예술을 즐기게 하는 건 교육에 좋을지도 모르겠어요. 무
언가 함축적인 성화(聖畵) 같은 것도 있으니까요……."

미아는 짝 손뼉을 쳤다.

"라피나 님, 저 가게는 어떨까요? 이 아이에게는 다양한 감수
성을 키우게 해주고 싶은데요, 그림을 보여주는 건 교육상으로도
의미가 있지 않을까 해서……."

"역시 미아 님이야. 그림에는 신성전을 기반으로 그려진 깊은
의미를 지닌 것도 있으니 아이의 교육에는 아주 좋다고 봐."

라피나의 보장도 받았으니 미아는 패티의 손을 잡고 그 가게에
들어갔다.

건물 안은 의외로 넓었다. 안쪽으로 이어지는 통로에는 다양한 그림이 걸려 있었다.

"아아. 이 숲 그림 참 좋네요. 이파리가 가득 그려져 있는데 무척 섬세해요."

심심풀이로 이파리를 세기에는 참 좋은 그림…… 이라면서 거만하게 평가하는 미아였다.

그 옆에서 패티가 말없이 그림을 바라보았다. 그림의 의미를 생각하듯 멈춰서서 작게 고개를 갸우뚱거리며 물끄러미 감상하고 있다.

그때였다. 뒤에서 경악해서 떨리는 라피나의 '아!' 하는 목소리가 들렸다.

"어라? 라피나 님, 무슨 일이…… 어머?"

굳어버린 라피나. 그 시선을 따라가자 보인 광경에 미아도 굳어버렸다.

"이, 초상화는…….'"

그건 이전에 미아와 라피나가 나란히 모델로 선 초상화였다.

"후후후. 반갑네요. 이렇게 가게에도 걸려 있다니, 조금 부끄럽지만요."

무심코 쓴웃음을 짓는 미아. 반면 라피나는…… 어째서인지 입술을 깨물고 있었다.

"어머? 왜 그러시나요? 라피나 님."

"아니…… 나는, 미아 님을 끌어들이고 말았다는, 생각에…….'"

"네……?"

"그때는 확실히 미아 님과 같이해서 즐거웠어. 하지만…… 이렇게 부끄러운 초상화가 남아 버리니까…… 미아 님을 끌어들이고 말았다는 생각이 나날이 강해져서……."

생각 외로 심각하게 말하는 라피나를 보며 미아는 당황했다!

"잠깐, 라피나 님. 그렇게 심각하게……."

"고통의 시간을 함께하는 것이, 친구……."

그때였다. 패티가 조용한 목소리로 말했다.

"어……?"

그 확신에 가득한, 당당한 말에 라피나는 무의식인 듯 눈을 깜빡였다.

"즐거움만을 공유하는 건 친구가 아니에요. 괴로울 때 서로를 격려하고 힘이 되어주고 도와주는 것이야말로 친구라고…… 생각합니다."

그렇게 말한 뒤 패티는 살며시 시선을 돌렸다.

──지금 그건 땅을 기어가는 자의 서에서 얻은 지식을 읊은 것뿐인가요? 아니면…….

순간 생각에 잠긴 미아였으나 바로 그 생각을 부정했다.

──아뇨, 이건 실제로 겪은 경험담이에요.

왜냐하면 미아는 눈치챘기 때문이다.

패티가 입구 주변에 놓여 있던 작은 장식을 바라보고 있던 것을……. 나무를 조각해서 만든 말 모양 장식품은 딱 봐도 여자아이가 좋아할 법한 디자인이었기에…….

"패티 양, 이거 살까?"

아무래도 라피나도 눈치챈 건지 패티가 조금 전에 보고 있던 것을 집었다.

"아뇨……. 저는 딱히……."

"나에게 중요한 것을 가르쳐준 보답이야. 만약 패티 양이 필요 없다면 누군가에게 줘도 돼."

라피나는 그렇게 말하며 패티의 머리를 자상하게 쓰다듬었다. 그러고는 목각 말과 자신의 초상화를 몇 점 샀다.

…………아마도 봉인하려는 모양이다.

"흠, 조금 아깝네요. 하나 정도 사서 신부님에게 보낼까 생각했는데요……."

그런 소리를 중얼거리는 미아였다.

친구란…… end

"아니…… 정말로? 정말로 나쁜 짓을 하는 게 아닌 걸까요? 애초에 버섯을 캐러 가는 건…… 용서받을 수 있는 일일까요?"

미아…… 잠시 숙고한 뒤, 얌전히 남자기숙사의 뒷문으로 향했다.

딱히 찔리는 게 있었던 건 아니다. 전혀 없다! 없지만…… 뇌리에 몇몇 사람들의 모습이 스쳐 지나갔기 때문이다.

예를 들어 그건.

"미아 황녀 전하, 그…… 만약 다음에 참신한 요리를 하실 때는 제게 알려주십시오. 특히 버섯을 난입…… 아니지. 사용한 요리…… 요리? 같은 걸 만드실 때는 특히나, 잊지 마시고!"

이렇게 말하는 키스우드이기도 했고.

"이 세인트 노엘 섬에도 독버섯이 자란다는 게 판명되었으니 허가 없이 버섯을 채집하는 행위는 엄격히 제한하고 있습니다. 양해 부탁드립니다."

무뚝뚝한 얼굴로 이런 말을 하는 산테리이기도 했고…….

혹은.

"미아 황녀 전하, 버섯은 독이 있는 것과 먹을 수 있는 것을 분간하는 게 무척 어렵습니다……. 그러니 직접 채집해서 드시는 건 참아 주십시오. 저희 요리사들에게 맡겨주시길……."

허리를 푹 숙이는 주방장의 얼굴이기도 했다.

"……하지만 하지 말라고 할수록 하고 싶어지는 건 대체 어떻게 된 원리일까요?"

그렇게 글러먹은 혼잣말을 중얼거리고 있었더니…….

"미아 선생님……?"

패티가 의아하다는 얼굴로 쳐다보았다. 미아는 안심시켜주듯 후후 미소를 돌려주었다.

"아무것도 아니에요. 자, 가죠."

어쩐지 발소리를 내지 않도록 조심하며 살그머니 남자기숙사에 들어가려고 한…… 바로 그때였다.

"어라……? 미아, 그리고 패티 양도."

뒤에서 들린 목소리에 미아는 히익 튀어 올랐다. 뻣뻣한 움직임으로 돌아보자…….

"어머, 시온……. 그리고…… 키릴?"

시야에 나타난 인물을 보고 미아는 고개를 갸웃거렸다.

"드문 조합이네요. 무슨 일 있나요? 응? 검?"

잘 보니 키릴은 연습용 검을 두 손으로 쥐고 있었다.

"네. 시온 왕자님에게 검을 가르쳐달라고 부탁드렸어요."

"어머나, 검을……?"

놀라는 미아를 향해 키릴은 작게 고개를 끄덕인 뒤 살짝 진지한 얼굴이 되었다.

"누나에게 폐를 끼치지 않도록……. 제가 검을 다룰 줄 알게 되면……."

"안 돼……."

그때였다. 패티가 중얼거리듯이 말했다.

"어? 패티 누나?"

"그런 말을 하면 누나…… 야나가 슬퍼해."

패티는 진지한 얼굴로 고개를 저었다.

"괜찮아. 누나는…… 야나는 강하니까. 그런 위험한 짓은 안 해
도……."

그렇게 말하며 키릴의 손에서 검을 거두려고 하는 패티였지만.

"그런 말은 하지 말아줘, 패티 양."

시온이 패티를 막았다.

"남자는 검을 들고 소중한 사람을 지키고 싶어 하는 법이야. 특
히 이만한 나이에는."

시온은 뜻밖에 진지한 얼굴로 말을 이었다.

"동생을 걱정하는 건 아마 당연한 거지. 하지만 동생이 위험하
지 않도록 자기만 위험 부담을 짊어지면 된다고, 고통을 참으면
된다고 생각하는 건 오만이야."

"……어?"

이해할 수 없다는 얼굴인 패티에게 시온이 계속 말했다.

"실은 내 동생도 검을 배우고 싶다고 한 적이 있었어. 하지만
나는 그걸 막았지. 동생에게는 재능이 없다는 걸 알고 있었고, 억
지로 검을 배우지 않아도 달리 적성에 맞는 걸 하면 된다고 생각
했으니까. 하지만 결과적으로 나는 동생의 마음을 헤아리지 않았
던 거야."

"동생의 마음……."

패티의 중얼거림에 시온은 고개를 깊이 끄덕인 뒤 무릎을 꿇었

다. 패티의 눈높이에 눈을 맞추고는…….

"누나가 동생을 위하듯 동생 또한 누나를 위하고 소중히 여기면서, 무언가 하고 싶어 하는 게 아닐까. 그걸, 그 마음을 부디 아껴줘."

과거 실패했던 형으로부터 앞으로 좋은 누나가 되어갈 사람에게 건네는 조언.

패티는 눈썹을 모으며 가만히 듣고 있었지만…….

"……알겠습니다."

이윽고 작게 고개를 숙였다.

그 아름다운 광경을 보며 외동인 미아는,

──그런데 버섯은 언제 캐러 갈 수 있을까요……?

이딴 생각이나 하면서 멍하니 구경하고 있었다.

실패한 형의 조언. 어린 누나의 마음을 울리다! end

"제가 사 드리겠어요. 패티의 드레스도 사주려던 참이었으니 겸사겸사."

"네……?"

야나가 놀라서 눈을 크게 떴다.

"아니, 하지만……. 미아 님, 제 옷 같은 건……."

"무슨 말인가요? 숙녀에게 몸단장은 필수랍니다. 잘 생각해 보면 패티도 옷이 너무 없어요."

"……저도 옷은 딱히."

"황제를 유혹하기 위해서는 필요합니다."

살며시 귓속말로 속삭이자 패티는 두세 번 눈을 깜빡인 뒤,

"알겠습니다."

작게 고개를 끄덕였다.

마을로 나온 미아 일행. 가게가 즐비한 구역을 걸어가서 도착한 곳은…….

"흠, 이 드레스샵은 제법 괜찮은 상품을 모아놨었던 걸로 기억하는데요. 아동복도 찾으면 있지 않을까요……?"

이전에 무도회 때 티오나의 드레스를 산 가게였다.

미아의 머릿속에는 안느의 조사로 입수한 점포 목록이 들어있다. 저렴한 가격으로 제법 그럴싸한 드레스를 살 수 있는 가게의 목록도 당연히 뽑아낼 수 있다.

"저, 저기, 미아 님……?"

살짝 주눅이 든 야나와 여느 때처럼 무표정한 패티. 그런 두 사람을 향해 미아는 생긋 웃으며 말했다.

"후후후, 언니들이 예쁜 드레스를 잘 골라드릴게요. 그렇죠? 티오나 양."

그러자 티오나는 주먹을 불끈 쥐고는,

"맡겨주세요!"

씩씩하게 고개를 끄덕였다.

"우와……."

가게로 들어가자 야나는 멍한 얼굴로 반짝반짝한 드레스를 바라보았다.

"사이즈가 작은 옷도 있을 법하군요. 몇 벌 정도 입어보도록 하죠. 어떤 게 좋을까요?"

"글쎄요. 패티 님은 미아 님과 마찬가지로 백금색 머리카락이니 이런 색이 잘 어울리지 않을까요?"

"오오, 감각이 좋은데요? 무척 예쁘군요. 스커트 자락도 하늘하늘하고. 이런 것도 좋죠."

"야나는 키릴이 있으니까 오히려 활동성이 좋은…… 이런 옷은 어떨까요?"

"오호라. 그럼 이것하고 이것하고……."

호흡이 척척 맞는 언니들을 보며 안절부절못하는 야나. 그런 그녀를 붙잡고……

"그럼 우선, 야나. 이거하고 이거하고, 이것도. 한번 입어보세요."

"이걸, 제가요……? 하지만 입어도 되는 거예요?"

"입어보지 않으면 어울리는지 알 수 없잖아요. 자자, 어서요."

미아는 룰루랄라 시착실 안으로 야나를 밀어 넣었다.

잠시 기다린 뒤 나타난 야나는 하얀 블라우스와 깔끔하게 주름이 잡힌 스커트. 그 안에 바지를 받쳐입은, 조금 활동적인 복장이었다.

"어머나, 야나. 아주 그럴싸한데요? 아주 귀티가 나요."

다소 황녀다움이 부족하기로 소문 난 미아의 다소 신빙성이 떨어지는 평가이긴 했지만, 그래도 야나는 기쁘다는 듯…… 조금 수줍어하는 얼굴로 웃었다.

"그러면 다음은 일단 활동성을 미뤄놓고 고른, 이 옷을……."

그렇게 말하며 미아가 참으로 깜찍하기 그지없는 디자인의 원피스를 잡자,

"앗, 아뇨, 저기…… 저는, 이걸로."

야나는 당황하며 말했다.

"이게 마음에 들어요. 움직이기 편해서 정말 좋습니다. 감사합니다."

"어머, 그런가요? 음, 마음에 든 게 있다면 잘 됐군요. 그러면 그걸 입고 돌아가도록 하죠."

"네?"

그 순간 야나가 허둥거렸다.

"아뇨, 미아 님……. 저는……."

"다른 사람들이나 키릴에게도 보여줘야죠."

무언의 압력을 가하는 미아의 미소에 야나는 으…… 하고 작게 신음한 뒤 포기한 듯 고개를 숙였다. 최근에는 완전히 얌전해지긴 했지만, 기본적으로 미아는 마이 퍼스트 황녀님이다.

멋 부리기에 익숙하지 않은 아이거나 말거나 자기 마음대로 귀엽게 예쁘게 꾸며버린다……. 사양 같은 걸 할 여지도 주지 않는다. 완전무결한 마이 퍼스트다.

"자, 다음은 패티 차례예요."

그렇게 미아는 착착 옷을 건넸다. 패티는 그 옷가지를 무표정으로 순순히 받은 뒤 옷을 갈아입고 보여주기를 반복했다.

"오오, 귀엽잖아요. 패티. 아주 예뻐요."

짝짝 손뼉을 치는 미아와 티오나였으나 패티는 딱히 표정을 바꾸지 않았다.

그저 담담히 옷을 갈아입을 뿐이었다.

"패티, 무언가 마음에 든 게 있다면 말해주세요."

미아가 그렇게 말해도 전혀 관심이 없는 모습이었다. 그런 패티에게,

"아주 잘 어울려. 아까 것도 좋았으니까, 둘 중 하나로 고르면 될 것 같아."

야나가 될 대로 되라는 듯한 느낌으로 마구 칭찬을 퍼부었다.

미아는 고개를 갸웃거렸으나…….

──아하, 야나는 자기만 새 옷을 입고 돌아가는 게 부끄러운 거군요. 그래서 패티를 끌어들이려고……. 후후후, 귀엽잖아요.

그런 미아의 시선을 알아차린 건지 야나가 부끄러운 듯 얼굴을 붉혔다.

미아는 시치미를 떼며 말했다.

"티오나 양도 패티의 드레스 어울린다고 생각하시죠?"

"네. 물론입니다. 무척 잘 어울려요."

세 사람이 입을 모아 칭찬해도 패티는 표정 하나 바꾸지 않고 그저 작게 고개를 갸웃거릴 뿐이었다.

"으음…… 전부 나쁘지는 않지만, 무언가 결정적인 느낌이 부족해요. 패티, 뭔가 원하는 게 있나요? 어떤 걸 좋아한다거나……."

"어떤 걸……."

그 말에 패티는 잠시 생각에 잠기더니 스커트를 움켜쥐고는,

"그럼, 야나와 세트 느낌이, 좋아요."

불쑥 그런 말을 했다.

"어머, 세트……?"

"네. 그…… 친구하고 세트로 맞춘……."

"아하. 그렇군요. 페어룩을 말하는 거죠? 그런 것도 좋네요……. 흠."

불현듯 미아는 생각했다.

그거 좀 좋은데……?

그러고는 티오나를 힐끗 쳐다보고는…….

"……모처럼이니까 티오나 양도 세트로 옷을 사는 건 어떤가요?"

"네……? 아이들하고요?"

의아한 듯 어리둥절한 얼굴로 목을 갸우뚱 기울인 티오나에게

미아는 작게 고개를 젓고는.

"아뇨, 그게…… 저하고요."

조금 쑥스럽다는 듯 말했다.

생각해 보면 티오나와 미아 사이에 있던 응어리가 사라진 지도 오래되었다. 하지만 그녀와 차를 마시고 친하게 대화를 나누기는 했어도 무언가 특별한 걸 한 적은 없었다.

딱히 그건 그거대로 괜찮을지도 모르지만……. 그녀는 미아가 과거로 돌아온 뒤로 계속 아군이 되어주었다. 위험한 상태였던 렘노 왕국에도 같이 가 주었고, 그 황야에서 미아가 죽을 뻔했을 때는 목숨을 걸고 구하러 와주기도 했다.

그래서인 건 아니지만, 조금 특별한 추억을 만들어도 괜찮을 것 같다는 생각이 든 미아였다.

"미아 님과……. 하지만 괜찮으신가요?"

"물론이죠. 저희는…… 친구잖아요."

그 말에 티오나는…… 환하게 밝은 얼굴로 크게 고개를 끄덕였다.

이렇게 네 사람은 각각 페어 드레스를 만들게 되었는데…….

훗날 그걸 본 라피나와 에메랄다가 자기들도 하고 싶다고 은근슬쩍 미아를 찔러대는 바람에…… 그게 대단히 귀찮았던 미아였다.

우정의 드레스 end

——순순히 자기 옷을 사러 가라고 해도 받아들이지 않을지도 모르겠군요. 그러면…….

미아는 고개를 크게 끄덕였다.

"키릴의 옷을 보러 가는 김에 겸사겸사 보죠. 활발한 남자아이는 옷이 몇 벌이 있어도 모자라니까요."

"키릴을 위해……?"

그 말에 야나는 잠시 생각에 잠긴 듯했지만 바로 고개를 끄덕였다.

"알겠습니다. 그런 거라면……."

순순히 받아들인 모습. 패티도 고개를 주억거린 뒤,

"확실히 남동생은 금방 옷을 망가트리니까 많이 필요해."

이렇게 중얼거렸다. 더불어 티오나도 동의하며 고개를 끄덕였다.

남동생들은 다 그런 걸까……?

미아는 고개를 살짝 갸우뚱거렸다.

"뭐, 됐어요. 그러면 출발할까요."

그렇게 네 사람은 옷 가게로 향했다.

다행히 세인트 노엘의 가게는 전부 안느가 확인하고 안면도 터두었다. 그 안에서 남아용도 여아용도 모두 갖춘 가게를 골라서 냉큼 들어갔다.

"자, 그러면 바로……."

그렇게 기합을 넣었지만…….

1시간 뒤…….

"이거 키릴에게 잘 어울릴 거야."

패티가 가져온 걸 받은 야나는 흐음 신음했다.

"그래……. 확실히 디자인은 좋지만, 키릴에게 입혔다간 금방 찢어질 것 같아. 걔는 의외로 활동적이니까."

야나의 지적을 받은 패티는 작게 고개를 끄덕였다.

"하지만 이런 옷을 입고 얌전히 있는 걸 배우는 것도 필요해."

"그건…… 그럴지도."

"그래, 확실히 그 말이 맞을지도 몰라. 우리 세로는 얌전하니까 심하진 않았지만, 그래도 나무타기 하면서 옷을 찢어버리곤 했거든."

"아, 키릴도 그래요. 여기 온 뒤로 다른 남자아이들과 함께 나무에 오르고 하는데, 그래서 얼마 전에도……."

가게 안에 시끌벅적한 소녀들의 목소리가 울린다.

어린 남자아이용 옷을 보는 야나와 패티…… 와 티오나.

눈앞에서 펼쳐지는 여자모임 아닌 누나모임 토크. 따라가지 못하는 미아는 얌전히 경청하는 중이었다.

──흠, 이거…… 구실을 조금 잘못 고른 걸까요…….

쓴웃음을 짓는 미아였지만, 어쩐지 두 사람의 대화를 즐겁다는 듯 듣는 패티를 보며 생각을 바꾸었다.

──뭐, 그래도 패티가 즐거워 보이니까 이건 이거대로 괜찮을지도 모르겠어요. 분명 친구라는 존재도 패티의 성장에 중요한 요

소라고 할 수 있을 테고요. 벨과 리나 양 같은 경우도 있고…….
음. 패티와 야나의 옷은 다음 기회에 고르도록 할까요.

　그렇게 고개를 주억거리며 미아는 누나들의 모습을 지켜보기
로 했다.

누나모임, 떠들썩 end

"흠. 손님이 왔나 보군요. 여기서 잠시 기다리는 게 좋겠어요."

무언가 중요한 볼일을 보는 중인지도 모르니 방해하는 건 미안했다. 미아는 작게 고개를 끄덕였다. 하지만…….

"그러면…… 좀 심심해지는데요. 흠……."

힐끔 패티를 보며 무언가 대화라도 하는 게 좋을지 고민하는 미아였다.

잠시 생각한 뒤 미아는 입을 열었다.

"패티, 여기서 보내는 생활은 어떤가요?"

"네. 자유롭게 지내고 있습니다."

"그렇군요. 하지만 쓸쓸하지는 않나요? 부모님을 만나지 못하는 건……."

패티는 고개를 갸우뚱 기울였다.

"미아 선생님은……."

"응……?"

"미아 선생님은, 어떠신데요?"

문득 보자 패티가 이쪽을 똑바로 응시하고 있었다.

"미아 선생님은 부모가 안 계십니까?"

"저요? 저는 아버지가 계시지만 어머니는 이미 돌아가셨답니다."

"그렇다면 그 어머니를 보고 싶으세요?"

"글, 쎄요……."

그 질문에 미아는 팔짱을 끼고 신음했다.

——보고 싶은가……. 흐음, 생각해 본 적도 없었지만요…….

패티는 마치 떠보는 듯한 시선을 보내고 있다.

——어쩌면…… 패티는 그런 걸 솔직하게 말하지 못하는 환경에서 자란 건지도 모르겠어요.

그게 썩 좋은 일이 아니라는 건 미아도 알 수 있었다. 그렇다면. 미아는 입을 열었다.

"그래요. 사실 저에게는 기억이 별로 없지만, 만날 수 있다면 만나보고 싶어요. 어떤 이야기를 할지는 전혀 상상이 가지 않지만요……."

말하던 도중 미아는 문득 생각했다.

——하지만 이렇게 할머니를 만난다는 기적 같은 기회를 받은 셈이니까요. 의외로 어마마마를 만나는 날이 와도 이상하진 않을지도 모르겠어요.

그런 생각을 하며 시선을 돌리자 패티는 멍하니 입을 벌린 채 굳어 있었다. 그런 그녀에게 미아는 자상한 어조로 말했다.

"딱히 그건 부정해야 할 감정은 아니잖아요? 사람으로서 당연한 감정인 걸요. 그런 걸 배우고 의식하는 것도 때로는 필요하지 않을까요?"

그러고는 장난기 어린 미소를 지었다.

"적어도 여기에 있는 동안 당신은 더 솔직하게 행동해도 괜찮답니다."

그런 이야기를 하는 사이에 방 안에서 대화가 끝나고 문이 열리는 게 보였다.

"그럼 갈까요? 패티."

그렇게 말하며 패티의 손을 잡은 미아는 눈치채지 못했다.

자기가 패티에게 한 말……. 그것이 그녀의 가슴속 깊은 곳에 새겨져서……. 어떤 미래를 불러오는지…….

지금의 미아는 상상도 할 수 없는 일이었다.

그녀에게 새겨진 마음——true end

"흠. 벨이라도 온 걸까요……. 뭐, 벨이라면 신경 쓰지 않아도 되겠죠."

슈트리나의 방 하면 벨을 연상하는 미아였다.

벨 말고도 친구가 있을지도 모르지만, 방에 초대할 정도의 친구는 아마 거의 없으리라는 게 미아의 견해였다.

──그것도 걱정이라면 걱정이지만요.

미아는 살며시 한숨을 쉬었다. 애초에 벨은 언젠가 미래로 돌아갈 몸이다. 아무리 지난번처럼 슬픈 이별은 하지 않는다고 해도 사라져버린다는 건 사실이니…….

──어떻게든 벨이 아닌 사람과도 유대를 맺는다면 좋겠는데요…….

그런 생각을 하며 미아는 당당히 문을 노크했다. 그러자 안에서 나타난 건 슈트리나와…… 의외로 린샤였다.

"어머나, 린샤 씨. 그렇군요, 당신이라면 여기 있어도 이상하지 않았죠. 리나 양의 방에 오는 친구는 벨 정도밖에 없다고 생각했지만 당신이라면……."

그런 미아를 보며 슈트리나가 어리둥절한 얼굴로 고개를 작게 갸우뚱거렸다.

"혹시 미아 님, 리나의 친구가 벨 밖에 없다고 생각하시는 거예요?"

"아…… 그건, 으음, 네, 뭐, 그게……. 면목 없지만 그렇게 생각했답니다."

순순히 인정하는 미아의 대답에 슈트리나는 부루퉁한 얼굴이 되었다. 하지만…….

"아니, 리나 님. 사실이니까 그렇게 화낼 일이 아니잖아요. 마침 잘됐네. 이제는 좀 벨 님 말고 다른 친구도 사귀지 않으면 사교계에서 고립당할 겁니다."

"그, 으……!"

린샤의 지적을 받고 굳어버리는 슈트리나.

그런 슈트리나를 버려두고 린샤가 고개를 갸웃거렸다.

"그런데 무슨 볼일이시죠? 미아 님."

"네. 실은 지금부터 숲에 가려는데 같이 갈 사람을 모집하던 중이었답니다."

"숲이라고요?"

의아해서 갸우뚱거리는 린샤를 향해 미아는 엄숙한 어조로 말했다.

"네. 패티를 데리고 잠시 버섯을 채집하러……."

"버섯 채집……."

작게 중얼거린 슈트리나와 린샤는 서로를 쳐다보았다. 그러고는 누가 먼저랄 것 없이 고개를 끄덕이고는.

"미아 님, 참고로 그거 라피나 님이나 다른 분들에게는……."

"아, 비밀입니다. 너무 규모를 크게 벌리는 것도 조금 그러니까요."

어깨를 으쓱하는 미아를 보며 순간 린샤가 쓴웃음 때려치워!

같은 표정을 지었지만…… 바로 뻣뻣한 미소를 지으며 말했다.

"알겠습니다. 리나 님과 저도 같이 가겠습니다."

"후후후. 그렇게 말해줄 거라고 생각했어요. 찾아온 보람이 있었네요."

흡족하게 웃는 미아였다.

숲 입구 부근을 지키는 병사의 감시망을 멋지게 통과한 일행은 숲속 깊은 곳으로 향했다.

그 도중에 있는 조금 트인 장소에서 린샤가 문득 발을 멈췄다.

"아. 그러고 보면 저 여기서 얻어맞았었죠. 뒤에서 이렇게, 콱 하고……."

"앗……."

지금 생각났다는 듯 슈트리나는 풀죽은 얼굴이 되었다.

"그때는 정말로 미안해. 새삼스럽지만……."

"아, 아뇨. 딱히 리나 님 잘못이 아니니까요……."

하하하 웃는 린샤였지만 그 직후 '아니.'하고 중얼거렸다.

"그래도 그때는 날 죽일 생각이었던 거지……? 그렇다면 사과하는 게 그리 이상한 건 아닌가……?"

힐끔 슈트리나에게 시선을 던지는 린샤. 슈트리나는 눈을 크게 뜨고는……

"린샤 양, 리나에게 심술부리려는 거야?"

부루퉁해지는 슈트리나. 그 반응에 웃는 린샤. 그런 두 사람의 대화를 보며 미아는 조금 놀랐다.

──흠, 벨이 없어진 뒤로 린샤 씨는 리나 양이 정신을 차리도록 노력해주었는데……. 그때 유대가 싹을 틔운 모양이군요. 그나저나 리나 양, 친한 친구는 벨밖에 없지만 연상에게는 귀여움 받는 타입인지도 모르겠어요. 에메랄다 양도 꽤 신경 썼고…….

그렇게 미아는 조금 전에 한 생각을 취소했다.

어쩌면 자신이 그렇게까지 걱정할 필요는 없는 건지도 모른다.

──그래요. 이번에야말로 벨과 만족스러운 방식으로 작별할 수 있다면…… 분명.

그 순간 미아는 쓴웃음을 지었다.

"아아, 안 되겠네요. 저도 참……. 지금 중요한 건 내일을 걱정하는 게 아닌데 말이죠."

그렇다. 지금 해야 할 일은…… 패티와 버섯을 캐며 할머니의 건전한 성장을 촉진하는 것이다.

"딱 내일 먹을 버섯을 오늘 걱정하는 건 어리석다는 말대로예요. 내일은 내일의 버섯이 자랄 테니까 오늘 먹을 버섯은 숲속에 충분히 있을 거예요."

무언가 함축적인 듯하면서도 그렇지도 않은 것 같은 말을 구시렁거리며 미아는 패티에게 시선을 돌렸다.

"자, 더 들어가요! 버섯이 기다리는 깊은 곳으로!"

그렇게 의기양양하게 숲속 깊은 곳으로 발을 들여놓으려고 한 미아였지만, 직후 숲을 감시하던 병사에게 붙잡혀서 끌려 돌아오게 되었다.

베이르가 공국의 병사는 제법 우수했다.

내일은 내일의 버섯이 자란다 end